LUCKY LUKE

Die Gesetzlosen

ZEICHNUNGEN und TEXT: MORRIS

EGMONT · BERLIN

Die Gesetzlosen

Morris inszeniert den ersten Auftritt der Daltons

Mit diesem Band, in dem die Dauerfehde zwischen dem einsamen Cowboy und den Daltons ihren Anfang nimmt, integriert Egmont eine echte Rarität in die Albenreihe ***Lucky Luke***. Die erste Folge dieses im Original mit ***Hors-la-loi*** überschriebenen Abenteuers gelangt am 20.9.1951 in der Nummer 701 des belgischen Comicmagazins ***Spirou*** zum Abdruck, das leidige Ende präsentiert die Nummer 731 vom 17.4.1952: „Hier liegen die Brüder Dalton begraben. Sie starben in ihren Stiefeln am 5. Oktober 1892", heißt es im letzten Bild. Freilich handelt es sich dabei um Bob, Grat, Bill und Emmett Dalton, Anführer und Namensgeber einer der verwegensten Banden im Wilden Westen, denen ein geplanter Überfall auf zwei Banken in Coffeyville, Texas, zum Verhängnis wurde.

Kaum dass sie im Comic unter die Erde gebracht sind, bedauert Texter und Zeichner Maurice de Bévère (1923-2001) alias Morris das Ende der Daltons. „Nach Erscheinen von ***Die Gesetzlosen*** erhielten wir viele Leserbriefe, die weitere Geschichten mit den Daltons forderten. Das Publikum fand diese Figuren sehr lustig. Und wir hatten sie getötet..." Zum großen Erfolg des frühen Meisterwerks trägt gewiss das charakteristische Aussehen des wie Orgelpfeifen gewachsenen Quartetts bei, das seine Schandtaten stets simultan verübt. Also lebten die Vier in den ***Spirou***-Heften 755 vom 2.10.1952 bis 764 vom 4.12.1952 mit ***Le retour des frères Dalton / Die Rückkehr der Brüder Dalton*** noch einmal kurz auf.

Die ideale Lösung findet sich im Jahr 1957. Da verfasst der große Humorist René Goscinny (1926-1977) mit ***Les Cousins Dalton / Vetternwirtschaft*** seine erste Erzählung mit den unsäglichen Joe, William, Jack und Averell Dalton. In deutscher Sprache wird die Geschichte später als Band 21 der Albenreihe veröffentlicht. Dazu Morris: „Ich hätte die Daltons wieder bringen können, indem ich eine Geschichte erzähle, die vor ***Die Gesetzlosen*** spielt, aber René und mir kam die Idee, an ihrer Stelle deren Vettern einzusetzen. Diese Abweichung von der wahren Geschichte der Brüder Dalton räumte uns mehr Freiheiten ein für künftige Episoden. Die Daltons waren in erster Linie bösartig. Ihre Vettern sind einfach nur dumm..."

Mit der Einfügung zeitgenössischer Figuren bietet ***Die Gesetzlosen*** eine Besonderheit, die fortan zum typischen Merkmal der Abenteuer von ***Lucky Luke*** werden sollte. Bedeutender jedoch ist, dass mit vorliegender Veröffentlichung einem großen Leserkreis endlich die Ursprungsgeschichte unterbreitet wird, die den Mythos der Daltons mitbegründet hat. Denn abgesehen von einer frühen Veröffentlichung in einem Comicfachmagazin und der längst vergriffenen Buchhandelsausgabe von 1992 in der Ehapa Comic Collection ist diese Arbeit nie in deutscher Sprache verlegt worden. „In Europa sind die Daltons vor allem durch die Charaktere bedeutend geworden, die ich für die Comicserie ***Lucky Luke*** kreiert habe. Die echten Brüder Dalton sind dagegen eher unbekannt geblieben" meint Morris. Wer konnte 1951/52 schon ahnen, dass die Daltons im Universum von ***Lucky Luke*** einmal fast so bedeutend werden sollten wie der Titelheld selbst?

-Horst Berner-

DIE GESETZLOSEN

In den stürmischen Pionierszeiten sind die blutgetränkten Namen vieler Gesetzloser, Renegaten, Desperados und hergelaufener Diebe in die Annalen des Westens eingegangen: Also, da waren....

DIESE TRAURIGEN BERÜHMTHEITEN KANNTEN NUR DAS GESETZ DES „SECHSSCHÜSSIGEN REVOLVERS". UND DIE MEISTERSCHAFT, MIT DER SIE IHN HANDHABTEN, WAR DAS ERGEBNIS JAHRELANGER ÜBUNG...
BOB, DER JÜNGSTE DER BRÜDER DALTON, ÜBERTRAF AN GESCHICKLICHKEIT ALLE ANDEREN BRÜDER...
PENG! PENG! PENG! PENG! PENG! PENG!
ABER BERÜHMT WURDE BOB DALTON VOR ALLEM DURCH DIE SCHNELLIGKEIT, MIT DER ER SEINEN „ABRECHNER" ZOG, IN JENEM METIER, WO DAS LEBEN OFT NUR VOM BRUCHTEIL EINER SEKUNDE ABHING...
JETZT ZUM SCHNELLIGKEITS-TRAINING! DAS IST MEINE SPEZIALITÄT!
PENG! PENG!
BOY, OH, BOY!!
IRRE!
MEISTER-HAFT!

DIE VERBRECHERKARRIERE DER BRÜDER DALTON BEGANN MIT EINEM BANKRAUB! UND EIN ÜBERFALL AUF EINE BANK SOLLTE SIE SPÄTER INS VERDERBEN STÜRZEN UND SIE ZUM FRIEDHOF VON BOOTHILL FÜHREN, MIT DEN FÜSSEN VORAUS UND DEN TASCHEN LEER...
"EL RENO", 1889...
DALTON
WANTED
DIE SACHE IST GERITZT, BOYS! WARTET HIER AUF MICH. ICH MACH DAS GANZ ALLEIN. DAS IST EIN KINDERSPIEL!
BANK
NATIONAL BANK
ICH MÖCHT MEINE ERSPARNISSE AUF DIE SPARKASSE BRINGEN!
KLANG
KLING!
JETZT MACHEN SIE MIR DAS DA SOFORT AUF, UND KEINE MÄTZCHEN! DAS HIER IST KEIN SPIELZEUG!
1889 SEP
BOB DALTON
$ 10.000
BELOHNUNG
BOB DALTON!
HALTEN SIE DAS, WÄHREND ICH EINPACKE!
BOB
1000
SHERIFF! HILFE! DIEBE!

GEISTIGEN DINGEN WENIG ZUGETAN, BLIEBEN DIE DALTONS BIS ZUM TAG IHRES UNTERGANGS UNGEBILDETE ANALPHABETEN...
ALLES LIEF WIE AM SCHNÜRCHEN. ICH HAB MEINE KNARRE KEIN EINZIGES MAL BENUTZEN MÜSSEN!
ALLES IN ORDNUNG, JUNGS! DIE LUFT IST REIN. HIER KÖNNEN WIR ZÄHLEN UND DEN ZASTER TEILEN!
UND WAS FUTTERN!
10.000 DOLLAR GETEILT DURCH VIER...
DAS WIRD SCHWIERIG! DU HÄTTEST DEN KASSIER BITTEN SOLLEN, DASS ER'S MACHT!
WIR KÖNNTEN DAS GANZE AUSPOKERN!
SCHREIBE ZWEI... BEHALTE FÜNF...
JETZT QUADRATWURZEL AUS DER SUMME DER FAKTOREN, DAS ERGIBT EINE GLEICHUNG MIT ZWEI UNBEKANNTEN X UND Y, DABEI KANN ICH DEN BRUCH KÜRZEN...
MACHT 195733333 USW... DAS IST ZU LANG... ICH SETZ HIER EIN KOMMA, DAS MACHT SICH IMMER GUT!
PENG!
BIN GLEICH ZURÜCK! DAS MIR JA KEINER DEN ZASTER ANFASST!
WO LÄUFST DU HIN? SUCHST DU DIE RECHENMASCHINE?

DER RUF DER BRÜDER DALTON ALS POSTKUTSCHEN-RÄUBER WAR IM GANZEN WESTEN BEKANNT...
LAST CHANCE SALOON
OVERLAND STAGE LINE
PENG!
ZUM TEUFEL MIT DIESEN VERSCHLÜSSEN, DIE NIE AUFGEHN!
FÜNF MINUTEN HALT, UM DIE PFERDE VERSCHNAUFEN ZU LASSEN. POSTILLION, SPANNEN SIE DIE TIERE AUS!
O.K., BOYS! AN DIE ARBEIT! ZACK! ZACK!

DIE BRÜDER DALTON SPEZIALISIERTEN SICH JEDOCH VOR ALLEM AUF ZUGÜBERFÄLLE, IN EINEM AUSMASS, DASS SIE VON DEN REISENDEN BALD MEHR GEFÜRCHTET WAREN ALS GERONIMO UND SEIN GANZER APACHENSTAMM...
2¢
DIE DALTONS TERRORISIEREN DIE EISENBAHN
Bob Dalton
Zehn Überfälle in einem Monat
Der finstere Gesetz-lose, Bob Dalton und seine Brüder Emmet, Bill und
DIE SITUATION IST INZWISCHEN UNHALTBAR. DIE REISENDEN HAT PANIK ERFASST, UND DIE VERLUSTE SIND ENORM! DIE GESELLSCHAFT HAT VON IHREN FRÜHEREN HELDENTATEN ERFAHREN UND MEINT, SIE SEIEN DER RICHTIGE MANN FÜR UNS! IHRE AUFGABE IST KLAR: BRINGEN SIE UNS BOB DALTON UND SEINE BANDE, TOT ODER LEBENDIG!
VIEL GLÜCK, UND AUF WIEDERSEHN, HOFFE ICH!
DIESE BRONCOS WERDEN SICH NICHT LEICHT EINFANGEN LASSEN: DIE EINZIGE ART, MIT IHNEN ZU DISKUTIEREN, IST MIT PISTOLENSCHÜSSEN. ABER ICH WERDE ES VERSUCHEN!
DALTON
WANTED
AVIS
HIERMIT GEBEN WIR BEKANNT, DASS DIE BRÜDER DALTON IN DER GEGEND GESICHTET WURDEN. DIE EISENBAHN-GESELLSCHAFT LEHNT FÜR DEN FALL EINES ÜBERFALLS JEGLICHE
?
ALSO, ICH HAB KEIN VERTRAUEN. ICH BLEIB DAHEIM!
ICH BIN KEIN FEIGLING, ABER ICH HAB NUN MAL NUR EINE HAUT, UND AN DER HÄNG ICH!
ICH RÜHR MICH HIER NICHT VON DER STELLE!
WOZU VERREISEN, WENN MAN SOWIESO MIT LEEREN TASCHEN ANKOMMT!
RECHT HAST DU! DER ZUG DA KÖNNTE UNS SECHS FUSS UNTER DIE ERDE BRINGEN!
... ODER GAR IN EINEM SARG!
VIEHWAGON
NA, OLD BOY. ICH GLAUB, IN DEM ZUG WIRD ES NICHT AN PLATZ MANGELN!
NIEMAND! AUSSER DEM SCHAFFNER!
NO SMOKING
SEHR ERFREUT, LUCKY LUKE, BIN GAR NICHT TRAURIG, MIT EINEM DETEKTIV DER BAHN ZU REISEN, VOR ALLEM MIT DEM SAFE VOLLER ZASTER IM GEPÄCKWAGEN!
KEINE ANGST, KONTROLLEUR! ICH HAB ALLES BEDACHT!
MORRIS

EIN PAAR MEILEN WEITER AUF DER STRECKE...
I AM WORKING ON THE RAILROAD... ALL THE LONG LONG DAY...
MACHT EUCH FERTIG, JUNGS! DER EXPRESS MUSS GLEICH KOMMEN!
FAHR-PLAN
ER KOMMT! ICH HÖR DAS RAUSCHEN DER SCHIENEN! ER IST NICHT WEIT! MASKIERT EUCH!
ER HAT SCHON WIEDER VERSPÄTUNG! ES IST DOCH AUF NICHTS MEHR VERLASS!
BZZZ
ICH ÜBERNEHM DIE ERSTE KLASSE!
KLANG KLANG
SIND SIE BEWAFFNET?
NEIN, ABER WENN MIR DIE KOJOTEN IN DIE HÄNDE FALLEN, LOCH ICH IHNEN MIT DEM DA DIE OHREN!
ALLE MANN, LOCHZANGEN HOCH! BILL, REICH MIR DEN SACK!
HÖLLE UND VERDAMMNIS! MAN HAT UNS GENARRT! DER ZUG IST LEER!
BRÜDER DALTON
WANTED
ES IST ZUM HEULEN, BOB! NICHTS ALS DER TABAKBEUTEL DES MASCHINISTEN, EINE UHR, EINE LOCHZANGE UND EINE PFEIFE!
FLENNT NICHT, ES BLEIBT UNS JA NOCH DER SAFE!

EIN FAST LEERER ZUG! WIE DEPRIMIEREND!
WENN MEINE INFORMATIONEN STIMMEN, FINDEN WIR IN DEM SAFE DES GEPÄCKWAGENS GENÜGEND, UM UNS REICHLICH ZU ENTSCHÄDIGEN!
GON
EIN BISSCHEN DYNAMIT, UM DIE STRECKE STILLZULEGEN UND VORWÄRTS!
GEPÄCK
STOPP!! ZIEH DIE BREMSE! DA SIND DIE TIERE!
VERSTOPFT EUCH DIE OHREN! GLEICH GIBT'S 'NEN HÖLLENLÄRM!
GEPÄCK
KA-WUMM!
MAN HAT UNS REINGELEGT!! DAS WAR EINE FALLE!
DERWEIL...
DAS GELD IST UNVERSEHRT!
NA SO WAS! DER SAFE IM GEPÄCKWAGEN WAR ALSO LEER?!
KEINESWEGS! ER WAR RANDVOLL MIT DYNAMIT, DAS DIESE KOJOTEN VOR IHRER NASE IN DIE LUFT GEJAGT HABEN! DIE ZUKUNFT WIRD UNS ZEIGEN, WIE SIE DAVONGEKOMMEN SIND!
B
198

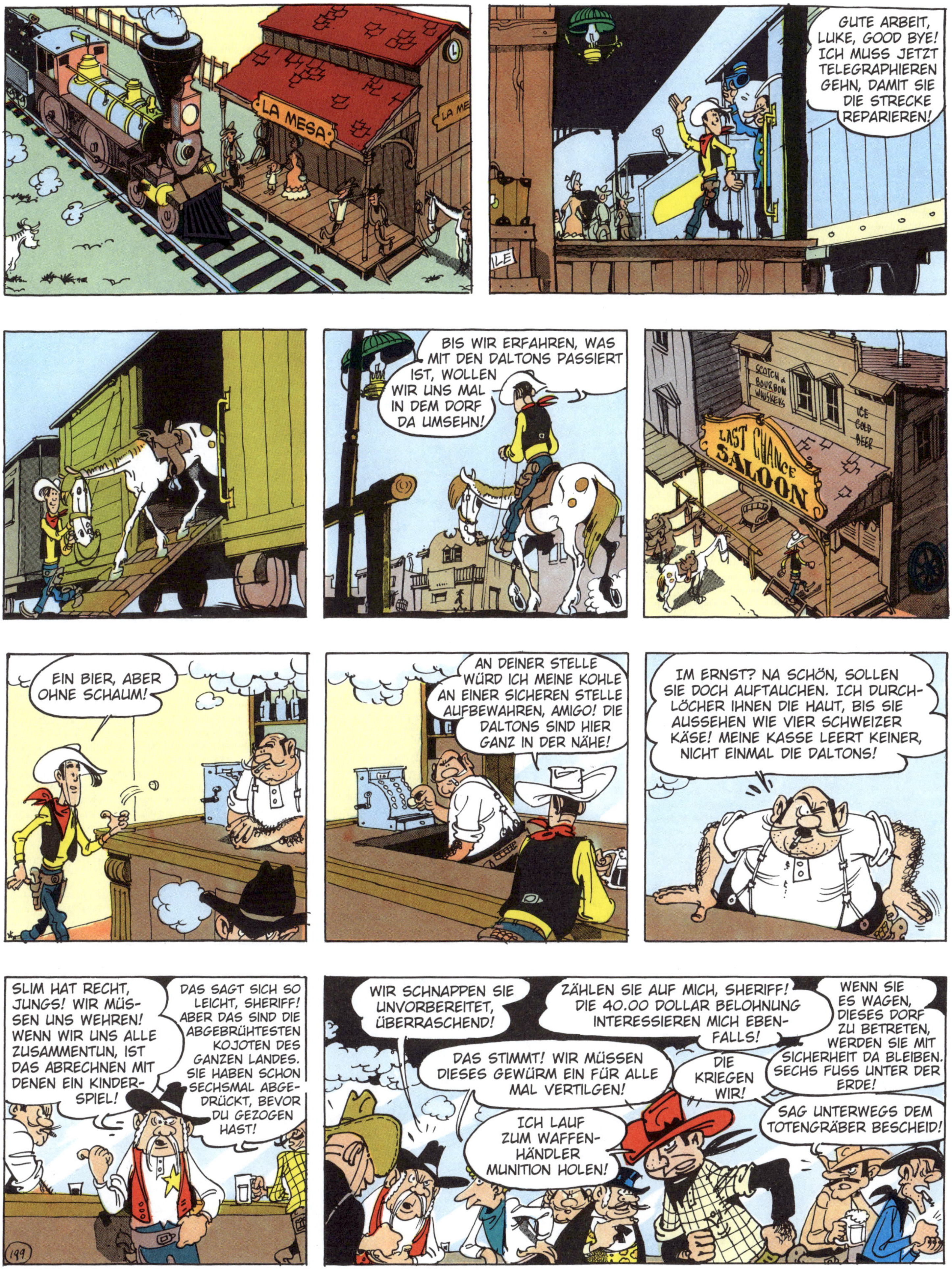

LA MESA
GUTE ARBEIT, LUKE, GOOD BYE! ICH MUSS JETZT TELEGRAPHIEREN GEHN, DAMIT SIE DIE STRECKE REPARIEREN!
BIS WIR ERFAHREN, WAS MIT DEN DALTONS PASSIERT IST, WOLLEN WIR UNS MAL IN DEM DORF DA UMSEHN!
SCOTCH & BOURBON WHISKEYS
ICE COLD BEER
LAST CHANCE SALOON
EIN BIER, ABER OHNE SCHAUM!
AN DEINER STELLE WÜRD ICH MEINE KOHLE AN EINER SICHEREN STELLE AUFBEWAHREN, AMIGO! DIE DALTONS SIND HIER GANZ IN DER NÄHE!
IM ERNST? NA SCHÖN, SOLLEN SIE DOCH AUFTAUCHEN. ICH DURCHLÖCHER IHNEN DIE HAUT, BIS SIE AUSSEHEN WIE VIER SCHWEIZER KÄSE! MEINE KASSE LEERT KEINER, NICHT EINMAL DIE DALTONS!
SLIM HAT RECHT, JUNGS! WIR MÜSSEN UNS WEHREN! WENN WIR UNS ALLE ZUSAMMENTUN, IST DAS ABRECHNEN MIT DENEN EIN KINDERSPIEL!
DAS SAGT SICH SO LEICHT, SHERIFF! ABER DAS SIND DIE ABGEBRÜHTESTEN KOJOTEN DES GANZEN LANDES. SIE HABEN SCHON SECHSMAL ABGEDRÜCKT, BEVOR DU GEZOGEN HAST!
WIR SCHNAPPEN SIE UNVORBEREITET, ÜBERRASCHEND!
ZÄHLEN SIE AUF MICH, SHERIFF! DIE 40.00 DOLLAR BELOHNUNG INTERESSIEREN MICH EBENFALLS!
WENN SIE ES WAGEN, DIESES DORF ZU BETRETEN, WERDEN SIE MIT SICHERHEIT DA BLEIBEN. SECHS FUSS UNTER DER ERDE!
DAS STIMMT! WIR MÜSSEN DIESES GEWÜRM EIN FÜR ALLE MAL VERTILGEN!
DIE KRIEGEN WIR!
ICH LAUF ZUM WAFFENHÄNDLER MUNITION HOLEN!
SAG UNTERWEGS DEM TOTENGRÄBER BESCHEID!

INZWISCHEN...
ICH MUSS RAUSKRIEGEN, WER DAS STINKTIER WAR, DAS UNS DIESEN STREICH GESPIELT HAT! UND WENN ICH IHM DIE HAUT ZU ENDE GEGERBT HAB, WIRD MAN IHN MIT EINER SCHAUFEL AUFLESEN MÜSSEN!
LA MESA
IN LA MESA...
POST
BRÜDER DALTON 40.000
WELCH STILLER FLECK!
TOTENSTILL!
SHERIFF! SIE SIND DA! DIE DALTONS! ICH HAB SIE ERKANNT! SIE KOMMEN DIREKT HIERHER!
DIE ANGSTHASEN SOLLEN DAS FELD RÄUMEN! IHR ANDEREN PACKT EURE ARTILLERIE UND BEREITET DEN HINTERHALT VOR. WIR WERDEN SIE GEBÜHREND EMPFANGEN. ERST SCHIESSEN, WENN ICH DAS SIGNAL GEBE!
O.K.!
ICH GEH ALS ERSTER REIN, UM ZU SCHAUEN, OB UNS KEINER ERKANNT HAT! ES KÖNNTE UNS JEMAND EINE FALLE STELLEN!
BUH!

SALOON
PENG!
BEDIENUNG!
WHISKEY!
WHISKEY!
WHISKEY!
DOPPELTER WHISKEY!
GLUPP!
GLUPP!
GLUPP!
GLUPP!
DAS IST WASSER! GEBEN SIE MIR ECHTEN WHISKEY! UND PRONTO!
DA! ABER LASST DIE FLASCHE NICHT FALLEN! DAS IST SPRENGSTOFF!
GLUCK! GLUCK! GLUCK! GLUCK!
25.000 $
SNIF SNIF
KAI! KAI! KAI! KAI! KAI! KAI! K...
MORRIS
201

FLATSCH!
AUF DEN BODEN SPUCKEN VERBOTEN!
HE! SSSSST!
O.K.!
DRLING!
BOB DALTON $ 4000
25.000 $ BOB DALTON
10.000 $ BILL DALTON
25.000 $ BOB DALTON
10.000 $ GRAT DALTON
10.000 $ BILL DALTON
10.000 $ EMMETT DALTON
HE, BOYS! ES IST ZEIT, DIE PFERDE ZU TRÄNKEN!
BARTENDER! VIER FLASCHEN WHISKEY! ABER 80-PROZENTIGEN!
GLUCKGLUCK!
GLUCKGLUCK!
GLUCKGLUCK!
GLUCKGLUCK!
MORRIS
202

DEN HOMBRE HAB ICH SCHON MAL GESEHN! ICH WETTE MEINEN SATTEL UND MEINE STIEFEL, DASS ER BEI DEM STREICH, DEN MAN UNS BEI DEM LETZTEN ZUGÜBERFALL GESPIELT HAT, MITGEMISCHT HAT! FLÜSTER! FLÜSTER!
WANTED
PSSST, COWBOY!
ICH MAG DIE FALTE IN DEINER HOSE NICHT!
UND ICH DEINEN ATEM NACH GEPANSCHTEM WHISKEY NICHT!
BESSER ALS ÜBERHAUPT KEIN ATEM, COWBOY!
ICH BIN DER STÄRKSTE MANN DER GANZEN GEGEND! PASS AUF!
OH, ICH MAG EBENFALLS GESELLSCHAFTSSPIELE!
WAS HALTET IHR DAVON?

ICH MAG DEINEN HUMOR NICHT, COWBOY!
NIMM DAS DA!
DANKE, DAS HAT MICH GEFREUT, UND...
... DA ICH EIN HÖFLICHER MENSCH BIN...
... RE- VANCHIER ICH MICH!
FINE BOURBON 100 PROOF
FINE BOURBON 100 PROOF
WANTED
FINE BOURBON 100 PROOF
WANTED
STRAIGHT BOURBON WHISKEY
MORRIS
204

WAS IST, BOB, LEG ICH IHN UM?
RÜHR IHN NICHT AN! DAS ERLEDIGE ICH SELBST!
SCHERZ BEISEITE, COWBOY! LASS SEHN, OB DU MIT DEINEM SECHSSCHÜSSER GENAUSO GESCHICKT UMGEHN KANNST, WIE MIT DEINEN FÄUSTEN! SPRICH DEIN GEBET UND ZIEH!
PENG! PENG! PENG! PENG!
DU BRAUCHST NICHT SO ANZUGEBEN, COWBOY! ICH BIN DER BESTE SCHÜTZE AUF DIESER SEITE DES RIO GRANDE!
BLABLABLA! SIEHST DU DIE UHR DA? IN WENIGEN SEKUNDEN SCHLÄGT DIE VOLLE STUNDE! ICH WETTE MEINEN SATTEL UND MEINE STIEFEL, DASS DU DEN KUCKUCK DA VERFEHLST!
HAHAHA! KINDERSPIEL! DU KANNST SCHON MAL ANFANGEN, DEINE STIEFEL AUSZUZIEHEN, COWBOY!
1
KUCKUCK!
PENG! PENG!
2
KUCKUCK!
PENG! PENG!
3
KUCKUCK!
PENG! PENG!
4
KUCKUCK!
PENG! PENG!
5
KUCKUCK!
PENG! PENG!
6
KUCKUCK!
PENG! PENG!
JETZT WO DEINE ZWEI SECHSSCHÜSSER LEER SIND, HÄNDE HOCH, DIE GANZE FAMILIE!
205
MORRIS

HEAVENS! ER HAT'S GESCHAFFT!
ER BRINGT SIE LEBEND! SO EIN AS!
NICHT MÖGLICH! ER HAT SIE FEST-GENOMMEN!
IM NAMEN DES GESETZES...
... VERHAFTE ICH SIE WEGEN DIEBSTAHLS, MORDES, BE-WAFFNETEN RAUBÜBERFALLS UND UND UND... AB IN DEN KNAST!
GUTE ARBEIT, LUKE, ICH ÜBERNEHM DEN REST. KOMMEN SIE NACHHER BEI MIR VOR-BEI, UM DIE BELOHNUNG ZU KASSIEREN!
O.K., SHERIFF, LASSEN SIE DIE RAUBVÖGEL DA NICHT ENT-FLIEHN!
MACH DIR KEINE ILLUSIONEN, SHERIFF! ICH WETTE ZEHN ZU EINS, DASS WIR INNERHALB VON 24 STUNDEN DAS FELD HIER GERÄUMT HABEN, HAHAHA!
ICH HALTE DIE WETTE!
KOMMEN SIE REIN! FÜHLEN SIE SICH HIER WIE ZU-HAUSE, BIS DAS URTEIL GEFÄLLT IST!
SHERIFF OFFICE
URTEIL! WIE WENN DIESER KOJOTEN-WURF EIN URTEIL VERDIENT HÄTTE! EINE SCHANDE IST DAS!
SIE WERDEN VOR UNSEREN AUGEN VERDUFTEN, UND ALLES GEHT WIEDER VON VORN LOS!
DAS STIMMT! WIR MÜSSEN SOFORT EIN ENDE MACHEN. BEVOR SIE NOCH VON HIER ABHAUEN!
ES GIBT NUR EIN GEFÄNGNIS, DAS FÜR DIE VÖGEL DA SICHER GENUG IST! EIN SARG, SECHS FUSS UNTER DER ERDE!
BRINGT DAS SEIL! WIR HÄNGEN SIE AUF DER STELLE!
SCOTCH & BOURBON WHISKEYS
ICE COLD BEER
CHANCE
206
MORRIS

HE, SHERIFF, ES IST ZEIT ZUM ESSEN-FASSEN! WIR STERBEN VOR HUNGER!
FÜR MICH BITTE EIN BLUTIGES STEAK!
BRINGEN SIE DAS MENÜ!
UND DIE WEIN-KARTE!
LING! ES IST ZEIT FÜR DIE FÜTTERUNG DER RAUB-TIERE!
DIE KEKSE FÜR DIE HERR-SCHAFTEN!
GIB HER! ICH MACH DAS SCHON!
DU HAST DIE HEFE VER-GESSEN!
SIE KÖNNTEN EIN BISSCHEN LEICHTER SEIN!
AUA!
AAAH!
DAS REINSTE BLEI!
BEI DER DIÄT DA NIMMT MAN BESTIMMT ZU!
DIESE ZITRONENVISAGE MUSS SEIN MEHL MIT ZEMENT VER-WECHSELT HABEN!
GARANTIERT UNZERBRECHLICH!
WIR MÜSSEN IHN FRAGEN, OB ER EINEN NUSSKNACKER HAT, SONST KNACKST DU DIE SCHARNIERE!
NICHTS ZU MACHEN! WIR MÜSSEN SIE EIN PAAR TAGE EINWEICHEN, UM SIE MÜRB ZU KRIEGEN!
MÜHT EUCH NICHT AB! ICH HAB 'NE BESSERE IDEE!
207
MORRIS

DIESE KEKSE! DER REINSTE BETON!
... DAVON KÖNNTE SOGAR EINE ZIEGE VERSTOPFUNG KRIEGEN!
UND DERART SCHWER, DASS MAN MAGEN-DURCHBRUCH BEKOMMEN KÖNNTE!
REGT EUCH NICHT AUF! WENN MEIN PLAN GELINGT, GIBT'S ZUM ABENDESSEN SOGAR ENTE!
KLACK!
1... 2... 3... 4... 5... 6... 7... 8... 9... OUT!
SO, JETZT REISST MIR EIN PAAR BRETTER AUS EINER VON DEN PRITSCHEN!
MAGNET
ES KLAPPT!
JETZT SCHNAPPEN WIR UNS UNSERE SECHSSCHÜSSER UND VERSCHWINDEN HEIMLICH DURCH DIE HINTERTÜR!
HER MIT MEINEN WAFFEN! ICH FÜHL MICH GANZ NACKT!
INZWISCHEN...
SHERIFF
DER SHERIFF ANTWORTET NICHT!
GEHT ZURÜCK! ICH TRET DIE TÜR EIN!
ZU SPÄT! SIE SIND WEG!
208

SIE HABEN SICH AUS DEM STAUB GEMACHT!
JETZT FÄNGT DIE ARBEIT VON VORN AN! SIE SIND EINFACH AUSGERISSEN!
ICH HAB'S DOCH GESAGT, DASS DIESE STÄBE SIE NICHT AUFHALTEN WERDEN!
SIE SIND DURCH DEN HINTERAUSGANG ENTWISCHT! IHRE SPUREN SIND NOCH GANZ FRISCH!
AUFSITZEN! WIR VERFOLGEN SIE!
SIE KÖNNEN NICHT WEIT SEIN. ES IST KAUM EINE STUNDE HER, DASS WIR SIE EINGESPERRT HABEN!
BAR
DIESE IDIOTEN HABEN'S ZU EILIG! SIE WERDEN MIT SICHERHEIT IN DIE FALLE GEHN.
VORWÄRTS, JOLLY, IM KURZEN GALOPP! UND AUGEN AUF!
INZWISCHEN...
DIE SPUR HÖRT AUF. AB HIER WIRD DER BODEN FELSIG!
DAS HÄUFCHEN INDIANER KANN UNS VIELLEICHT WEITER HELFEN!
HALLO, WACKERE ROTHÄUTE! DIE BLEICHGESICHTER KOMMEN ALS FREUNDE, UM EUCH UM HILFE ZU BITTEN!
MORRIS
209

KENNT IHR DIESE BLEICHGESICHTER?
50000$
BRÜDER DALTON
HUGH! ICH ERINNER MICH AN DIESE DRECKIGEN VISAGEN. SIE SIND HIER VOR EINER STUNDE VORBEIGEKOMMEN UND REITEN RICHTUNG SÜDEN!
SIE KÖNNEN NICHT WEIT SEIN!
VIEL GLÜCK DEM BLEICHGESICHT UND SEINEN BEGLEITERN! MÖGE IHNEN DAS JAGDGLÜCK HOLD SEIN! HUGH!
O.K., JUNGS! SCHNALLT EURE SECHSSCHÜSSER WIEDER UM UND BESTEIGT EURE PFERDE. WIR REITEN NACH NORDEN. IN DIESEN BREITEN IST ES UNGESUND. ES RIECHT NACH KOJOTE!
DERWEIL...
HIER IST DIE LETZTE WASSERSTELLE. WIR TRÄNKEN JETZT DIE TIERE UND FÜLLEN UNSERE FLASCHEN. MEINE KLINGT SCHON GANZ HOHL!
HÖLLE UND VERGÄRUNG!
DAS WASSER IST SALZIG!!
DIESE SCHURKEN HABEN UNS REINGELEGT! WIR MÜSSEN ZURÜCKREITEN ODER AN DURST KREPIEREN!
LA MESA 10 MEILEN
MORRIS
INZWISCHEN SETZT OHNE HAST EIN COWBOY ZU PFERD UNERMÜTLICH SEINE VERFOLGUNG DER GESETZLOSEN FORT...
210

IN DER DARAUF FOLGENDEN ZEIT NAHMEN DIE BRÜDER DALTON IHRE VERBRECHERISCHE AKTIVITÄT IN MEHREREN STAATEN UM SO INTENSIVER WIEDER AUF... ALLEIN SCHON IHR NAME LIESS ALLE ERSCHAUERN, DIE DAS GESETZ VERTRATEN, UND ZAHLREICHE SHERIFFS FANDEN DEN TOD, DIE EINEN DURCH DIE UNBARMHERZIGEN KUGELN DER GESETZLOSEN, DIE ANDEREN STARBEN AM NERVENZUSAMMENBRUCH. NOCH ANDERE VERLOREN DEN VERSTAND...
FÜR TEX POKERFACE GETÖTET VON DEN DALTONS AM 2. SEPT. 1890. ER ZOG ZWAR, ABER ETWAS ZU SPÄT. R.I.P.
IN DEN AUGEN DER KINDER WAREN DIE DALTONS NOCH SCHRECKLICHER ALS DER BÖSE WOLF...
WENN DU NICHT ARTIG BIST, HOLEN DICH DIE DALTONS!
DIE AUF DIE ERGREIFUNG DER GESETZLOSEN AUSGESETZTE BELOHNUNG STIEG VON TAG ZU TAG...
$ 50.000 FÜR DIE ERGREIFUNG DER BRÜDER DALTON TOT ODER LEBENDIG!
$ 75.000 FÜR DIE ERGREIFUNG DER BRÜDER DALTON TOT ODER LEBENDIG!
$ 100.000 FÜR DIE ERGREIFUNG DER BRÜDER DALTON VORZUGSWEISE TOT!
DIE IMMER BEDROHLICHER WERDENDE GEFAHR ZWANG DIE DESPERADOS, IHRE VORSICHTSMASSNAHMEN ZU VERDOPPELN UND JEDEN AUGENBLICK AUF DER HUT ZU SEIN...
SCHNARCH!
SCHNARCH!
SCHNARCH!
KRAK
PENG!
PENG!
PENG!
PENG!
PENG!

ICH HAB'S SATT, TAG UND NACHT AUF DER HUT ZU SEIN! MIR STINKT'S, VERSTEHT IHR? HIER HÄNGT DOCH AN JEDEM BAUM EIN STECKBRIEF VON UNS! AN JEDER STRASSENECKE STEHEN BULLEN, DIE UNS ABKNALLEN UND DIE BEUTE WEGNEHMEN WOLLEN. WIR SIND ZU BEKANNT HIER. WIR MÜSSEN VERSCHWINDEN!
DU HAST RECHT, BOB! UM SO MEHR, ALS ES HIER NICHTS MEHR ZU TUN GIBT! WIR HABEN SÄMTLICHE BANKEN AUSGERAUBT!
$50.000
LEBWOHL, DU GASTLICHES LAND!
WIR REITEN NACH NORDEN, NACH KANSAS! DORT KENNT UNS KEINER!
NACH EINEM RITT VON FÜNF TAGEN UND FÜNF NÄCHTEN...
ENDLICH IN KANSAS! ES LEBE DIE FREIHEIT!
DAS SOLL EIN LAND VOLLER MÖGLICHKEITEN SEIN!
KANSAS
STAATSGRENZE
DOCH DIE GESETZLOSEN AHNEN NICHT, DASS IHR ERZFEIND IHRER SPUR GEFOLGT IST...
IN WICHITA, KANSAS...
DER ORT SIEHT GUT AUS, ABER WO SIND DIE BANKEN?
DA IST DER SHERIFF, DER MÜSSTE UNS BESCHEID SAGEN KÖNNEN!
SHERIFF
'TSCHULDIGUNG, GUTER MANN! WO IST DENN HIER DIE NÄCHSTE BANK?
REITEN SIE IMMER GERADEAUS BIS ZUM ENDE DER HAUPTSTRASSE!
HE! SIE KOMMEN MIR IRGENDWIE BEKANNT VOR! KÖNNTE ES SEIN...
SIE IRREN SICH! WIR SIND GERADE ANGEKOMMEN!
MERKWÜRDIG! ICH HÄTTE SCHWÖREN KÖNNEN!
... ICH HÄTT DIE VISAGEN SCHON MAL WO GESEHEN!
WANTED
$ 50000
BRÜDER DALTON

NEUE ÜBERFÄLLE DER BRÜDER DALTON
DIE DALTONS! SIE SIND DA! IN SICHERHEIT!
DIE DALTONS SIND DA. JETZT KNALLT'S!
BOB! WAR 'NE GUTE IDEE VON DIR, HIERHER ZU KOMMEN, DAMIT WIR NICHT AUFFALLEN!
HOTEL
SEID VORSICHTIG UND FINGER AM ABZUG! MAN WEISS NIE!
KONDITOREI
PENG!
PENG!
PENG!
PENG!
PENG!
PENG!
PENG!
PENG!
PENG!
MORRIS
213

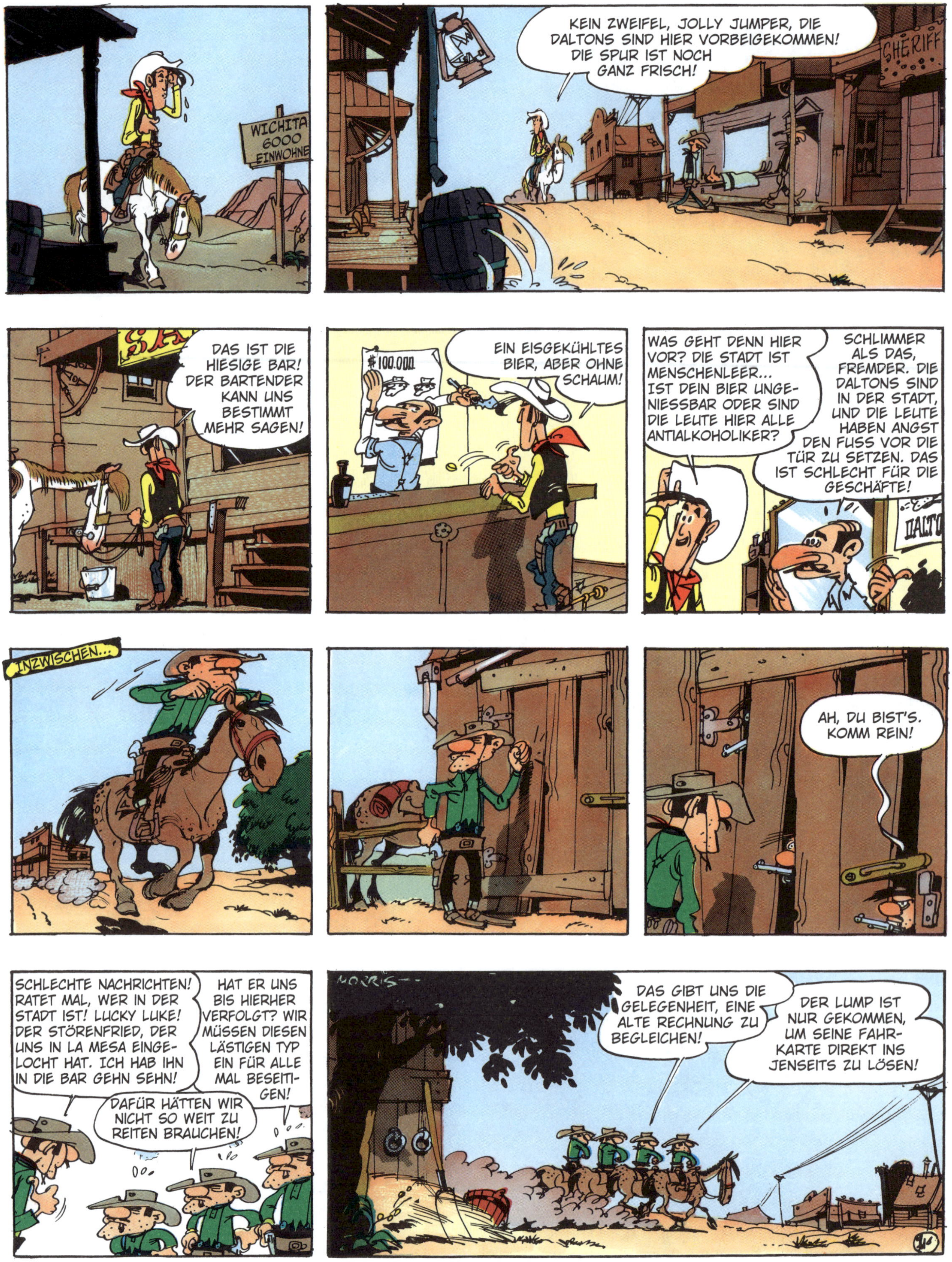
WICHITA
6000
EINWOHNE
KEIN ZWEIFEL, JOLLY JUMPER, DIE DALTONS SIND HIER VORBEIGEKOMMEN! DIE SPUR IST NOCH GANZ FRISCH!
SHERIFF
DAS IST DIE HIESIGE BAR! DER BARTENDER KANN UNS BESTIMMT MEHR SAGEN!
$100.000
EIN EISGEKÜHLTES BIER, ABER OHNE SCHAUM!
WAS GEHT DENN HIER VOR? DIE STADT IST MENSCHENLEER... IST DEIN BIER UNGENIESSBAR ODER SIND DIE LEUTE HIER ALLE ANTIALKOHOLIKER?
SCHLIMMER ALS DAS, FREMDER. DIE DALTONS SIND IN DER STADT, UND DIE LEUTE HABEN ANGST DEN FUSS VOR DIE TÜR ZU SETZEN. DAS IST SCHLECHT FÜR DIE GESCHÄFTE!
INZWISCHEN...
AH, DU BIST'S. KOMM REIN!
SCHLECHTE NACHRICHTEN! RATET MAL, WER IN DER STADT IST! LUCKY LUKE! DER STÖRENFRIED, DER UNS IN LA MESA EINGELOCHT HAT. ICH HAB IHN IN DIE BAR GEHN SEHN!
HAT ER UNS BIS HIERHER VERFOLGT? WIR MÜSSEN DIESEN LÄSTIGEN TYP EIN FÜR ALLE MAL BESEITIGEN!
DAFÜR HÄTTEN WIR NICHT SO WEIT ZU REITEN BRAUCHEN!
MORRIS
DAS GIBT UNS DIE GELEGENHEIT, EINE ALTE RECHNUNG ZU BEGLEICHEN!
DER LUMP IST NUR GEKOMMEN, UM SEINE FAHRKARTE DIREKT INS JENSEITS ZU LÖSEN!

WART WENIGSTENS, BIS DU DEIN OPFER UMGELEGT HAST, BEVOR DU EINE KERBE IN DEINEN SECHSSCHÜSSER SCHNITZT, BOB!
DIE SACHE IST GERITZT!
SALOO
DREH DICH UM, LUCKY LUKE! WIR SIND'S NICHT GEWOHNT, DIE LEUTE RÜCKLINGS ABZUKNALLEN!
DANKE! DAS IST SEHR ENTGEGENKOMMEND VON EUCH!
PENG! PENG! PENG!
LASS MICH RAN! ICH WEISS, WO ER IST!
DER IST HINÜBER! ER ANTWORTET NICHT MEHR!
WANTED
TAUSEND BRONCOS! WO STECKT ER BLOSS?
KUCKUCK!

AUGENBLICKCHEN! DER SHERIFF WIRD GLEICH DA SEIN UND SIE BEFREIEN!
MERKWÜRDIG! HÖRT SICH AN WIE DAS GERÄUSCH EINER BRENNENDEN LUNTE!
KA-WUMM
TUT MIR LEID, SHERIFF, DIE LEUTE DIE ICH IHNEN VORSTELLEN WOLLTE, HABEN SICH SOEBEN VERABSCHIEDET!
ZUM GLÜCK HATTE ICH NOCH DEN REST DYNAMIT VON UNSEREM LETZTEN BANKÜBERFALL!
KANN MAN SAGEN!
GUT, DASS ICH MIR DAS DA BEIM WEGGEHN GESCHNAPPT HAB, DAS BRINGT BESSERE IDEEN!
ES IST DEPRIMIEREND! DIESER STARRKOPF VON LUCKY LUKE KOMMT UNS DAUERND IN DIE QUERE!
DER IST HARTGESOTTEN, DER KOJOTE!
UND KEINE MÖGLICHKEIT MEHR, UNERKANNT ZU BLEIBEN! UNSRE KÖPFE SIND INZWISCHEN BEKANNTER ALS DER VON GEORGE WASHINGTON!
GLUCK GLUCK!
ICH HAB'S! IHR HABT GLÜCK, DASS ICH GENUG GRIPS FÜR UNS ALLE HAB, IHR DUMMKÖPFE! PASST AUF, WAS WIR JETZT MACHEN!
WAHNSINN! WIESO BIN ICH NICHT SELBST DRAUF GEKOMMEN!
FLÜSTER...

DA KANN MAN NICHTS SAGEN, BOB! DU BIST EIN SCHLAUKOPF! DURCH DEINE KRIEGSLIST KÖNNEN WIR NOCH MAL VON VORN ANFANGEN!
UND HABEN LEICHTES SPIEL!
DIE SHERIFFS WERDEN DUMM AUS DER WÄSCHE SCHAUN!
J. SMITH ARZT CHIRURG & TIERARZT
MICH MITTEN IN DER NACHT ZU WECKEN! SICHER WIEDER EINE KUGEL-EXTRAKTION! DAVON HAB ICH DUTZENDE GEMACHT, SEIT DIE BRÜDER DALTON IN DER STADT SIND!
DIE BRÜDER DALTON!
SIE BRAUCHEN SICH NICHT AUFZUREGEN, DOC! WIR KOMMEN NUR ALS PATIENTEN!
ABER ICH HABE KEINERLEI ERFAHRUNG ALS SCHÖNHEITS-CHIRURG!
EINMAL MUSS JEDER MAL ANFANGEN, DOC! HOL DEINE WERKZEUGE RAUS UND AN DIE ARBEIT! WIR HABEN'S EILIG!
GUT! KOMMT MIT IN DEN OPERATIONS-SAAL!
DER ERSTE VON DEN HERREN!
MACH MIR EINE GERADE NASE UND GIB MIR EIN WÜRDIGES PROFIL! SO EDEL WIE DAS DA!
HIPPOKRATES
KLICK! KLANG! PLOPS!
KEINE FALSCHE BEWEGUNG MIT DEM SKALPELL, DOC! WIR HABEN DICH IM AUGE!
TAUSEND DANK, DOC! WIR DENKEN DAS NÄCHSTE MAL AN DICH!
IN EINER WOCHE KÖNNT IHR DIE VERBÄNDE ABNEHMEN!
MORRIS
TROTZDEM WAS SCHÖNES, DIE WISSENSCHAFT UND DER FORTSCHRITT!
217

ICH BIN GESPANNT AUF UNSERE NEUEN GESICHTER!
HOFFENTLICH HAT ER UNS NICHT DIE VISAGEN EINES GREENHORNS VERPASST!
IN EINER WOCHE WERDEN WIR'S WISSEN. BEI DER VERNISSAGE! HAHAHA!
DAS DA BEHALTEN WIR ALS SOUVENIR!
100.000.$
BRÜDER DALTON WANTED
MIR REICHTS, WIE EINE MUMIE EINGEWICKELT ZU SEIN. ICH NEHM DEN VERBAND AB!
ICH AUCH!
WENN DER ARZT MICH VERSCHANDELT HAT, SCHNEID ICH IHM DIE OHREN AB UND VERPFLANZ SIE IHM AUF DIE NASE!
FANTASTISCH! ICH WILL LEBENDIG ABGEMURKST SEIN, WENN ES JEMAND FERTIG BRINGT, UNS WIEDERZUERKENNEN!
LASST UNS EINEN RUNDGANG DURCH DIE STADT MACHEN, WIE VIER HARMLOSE UND ACHTBARE BÜRGER!
UND OHNE SECHSSCHÜSSER. WIR WOLLEN SO RICHTIG LAMMFROMM WIRKEN!
PENG!
PENG!
DAS GIBT ES NICHT! WIE KONNTEN DIE UNS BLOSS ERKENNEN!
$ 50.000 BELOHNUNG
FÜR DIE 4 BRÜDER YOUNGER
WEGEN DIEBSTA
WANTED
MORRIS
218

AVIS
$ 50.000
BELOHNUNG
FÜR DIE 4 BRÜDER YOUNGER
...DIEBSTAHLS
SCHAUT HER!
DAS WAR ECHT NICHT DER MÜHE WERT, SICH DAS GESICHT OPERIEREN ZU LASSEN!
MISSLUNGEN! ICH WERD MIR DAS GELD ZURÜCKZAHLEN UND MEIN ALTES GESICHT WIEDERGEBEN LASSEN!
ICH AUCH!
F.J. SMITH ARZT CHIRURG & TIERARZT
SPÄTER...
DAMIT SIND DIE SCHÄDEN REPARIERT! ALLES IN ALLEM WAREN WIR GAR NICHT SO SCHLECHT!
ICH HAB'S ALLMÄHLICH SATT, MIR DAS GESICHT VERHUNZEN ZU LASSEN!
MIR HAT ER DAS KINN SCHLECHT ANGENÄHT!
NIMM HALT EINE SICHERHEITSNADEL!
SCHERZ BEISEITE! WO WAREN WIR STEHEN GEBLIEBEN? SEHT IHR DAS DORF HIER IN DER NÄHE? DORT SIND ZWEI GANZ NEUE BANKEN AUFGEMACHT WORDEN!
ZUERST IN DIE BAR! WENN LUCKY LUKE DA IST, WERD ICH IHM DIE DRECKIGE GEWOHNHEIT ABGEWÖHNEN, UNS NACHZUSPIONIEREN! DAS WIRD'S IHM ENDGÜLTIG VERLEIDEN!
GUTE IDEE! DANN KÖNNEN WIR ENDLICH IN RUHE SCHLAFEN!
SALOON
MORRIS
HÄNDE HOCH, ALLE MITEINANDER!
BRÜDER DALTON WANTED
219

WO IST DIESE NERVENSÄGE VON LUCKY LUKE?
ER IST NICHT DA!
EIN GLÜCK FÜR IHN! SAGEN SIE IHM, DASS WIR HIER ABHAUEN, UND WENN WIR IHN JE WIEDER AUF UNSREM WEG TREFFEN, PUMPEN WIR IHN SO MIT BLEI VOLL, DASS DER TOTENGRÄBER ES NICHT SCHAFFEN WIRD, IHN WIEDER AUFZUHEBEN!
SO, DAS WIRD DIE SPITZBUBEN LEHREN, UNSERE ANKUNFT TELEGRAFISCH ANZUKÜNDIGEN. MIR GRAUT VOR OFFIZIELLEN EMPFÄNGEN!
PENG!
COFFEYTOWN
EIN GLÜCK! SIE SIND WEG!
DA HAST DU RECHT. ENDLICH KANN MAN AUFATMEN!
DER ANLASS MUSS GEFEIERT WERDEN, BOYS! ICH SCHMEISS 'NE RUNDE!
UFF!
WAS BEDEUTET DER RADAU! GIBT'S WAS ZU FEIERN?
PENG
DIE BRÜDER DALTON HABEN DIE STADT VERLASSEN, UND SIE RATEN DIR, SIE IN RUHE ZU LASSEN. WENN DU AM LEBEN UND „DICHT" BLEIBEN WILLST!
DIESE HALUNKEN SIND MIR ENTKOMMEN! WENN ICH NUR WÜSSTE, IN WELCHE RICHTUNG SIE GERITTEN SIND!
GENERAL STORE
POST & TELEGRAPH - OFFICE -
DA GIBT'S NUR EINS! ALLE UMLIEGENDEN ORTE VORZUWARNEN!
KOMISCH, ALLE LEITUNGEN ANTWORTEN, AUSSER COFFEYTOWN! DA IST SIE UNTERBROCHEN!
UNTERBROCHEN? ICH WETTE MEINEN SATTEL UND MEINE STIEFEL, DASS DAS UNSERE FREUNDE DALTON WAREN. DIE HABEN DIE DRÄHTE VORSICHTSHALBER SABOTIERT!

SIE HABEN SICH VERRATEN, INDEM SIE DIE LEITUNG VON COFFEYTOWN GEKAPPT HABEN. JETZT WEISS ICH, IN WELCHE RICHTUNG SIE GERITTEN SIND. GOOD BYE!
GOOD LUCK, STRANGER!
SIE HABEN DIESEN PFOSTEN ZUGERICHTET WIE BEIM SCHEIBENSCHIESSEN!
COFFEYTOWN
AM 5. OKTOBER 1892, UM 9 UHR, ERREICHTEN DIE BRÜDER DALTON COFFEYTOWN (KANSAS), ENTSCHLOSSEN, DIE BEIDEN BANKEN DER STADT ZU ÜBERFALLEN...
DA IST COFFEYTOWN! JETZT WIRD'S ZEIT, SICH FÜR DIE GELEGENHEIT UMZUZIEHEN! UNSERE VERABREDUNGEN VERLANGEN EIN GEWISSES OUTFIT!
TAYLOR
TAYLOR
TAYLOR
KLOPS!
TAYLOR
ICH MUSS DEN SHERIFF WARNEN! HOFFENTLICH KOMM ICH NOCH RECHTZEITIG!
COFFEYTOWN SALOON
WIR WERDEN IHNEN EINEN ÜBERRASCHUNGSEMPFANG BEREITEN, DIESEM KOJOTENWURF! ICH WERDE SOFORT MEINE DEPUTIES ZUSAMMENTROMMELN!
MORRIS
221

LEG DEINE KLINGE HIN UND NIMM DEINEN SECHSSCHÜSSER CAREY! JETZT WIRD SCHARF GESCHOSSEN!
O.K., SHERIFF!
BANK
C.M. CONGDON BANK
DIE PFERDE SIND NERVÖS. SIE HABEN DIE BANKNOTEN GEWITTERT!
DA REITEN SIE AUF DIE BANKEN ZU. MEIN PLAN IST...
C.M. CONGDON BANK
BANK
WEGEN BANKROTT GESCHLOSSEN
UND EINS...
FIRST NATIONAL BANK OF COFFEYTOWN
SIND SIE DER KASSIERER? MACHEN SIE MIR DAS AUF! ABER LAUTLOS!
DEPONIEREN SI
IHR GELD BEI DE
FIRST NATIONAL
BANK
SAFETY FIRST!
BOB DALTON
$ 100.000
DAS GEHT NICHT! DER SAFE WIRD VON DER UHR HIER KONTROLLIERT UND KANN NUR PUNKT ZEHN UHR GEÖFFNET WERDEN!
AUSGEZEICHNET. WIR WARTEN!
BÖRSEN-NACHRICHTEN
TICK TACK! TICK TACK!
DEPONIEREN S
IHR GELD BEI D
FIRST NATIONA
BANK
SAFETY FIRST!
BOB DALTON
$ 100.00

BIS DER SAFE AUFGEHT, LASST UNS MAL NACH DEM „WETTER" SCHAUEN! ICH HAB DAS GEFÜHL, DASS ES EIN GEWITTER GEBEN WIRD!
HÖLLE UND VERDAMMNIS!
RETTE SICH, WER KANN! DAS IST EIN HINTERHALT! DIE STRASSEN SIND VERBARRIKADIERT!
FIRST NATIONAL BANK OF COFFEYTOWN
BANK
BARBER
SALOON
HOTEL
STORE
PENG!
PENG!
O.K., BOYS! DRÜCKT AB!
FIRST NATIONAL BANK OF COFFEYTOWN
WIHIHI! WIHIHIHI!
BANK
KRUMM!
MORRIS

DRECKIGE POLYPENBANDE! BOB DALTON KRIEGT IHR NIE ZU FASSEN! NIEMALS! NIEMALS!
PENG! PENG! PENG! PENG! PENG! PENG!
GLR!
PENG! PENG! PENG! PENG!
PENG! PENG! PENG!
SIE KÖNNEN DIE PISTOLE WIEDER EINSTECKEN SHERIFF! DAS GEWITTER IST VORBEI!
SO ENDET DIE GESCHICHTE DER BRÜDER DALTON. DIE WAGHALSIGKEIT, DIE SIE SO GEFÜRCHTET GEMACHT HATTE, FÜHRTE SIE SCHLIESSLICH DAHIN, WO SIE VIELE IHRER OPFER HINGESCHICKT HATTEN. TROTZ DES VIELEN GELDES, DAS DURCH IHRE HÄNDE GEGANGEN WAR, STARBEN SIE KURZ DARAUF MIT LEEREN TASCHEN...
HIER LIEGEN DIE BRÜDER DALTON BEGRABEN SIE STARBEN IN IHREN STIEFELN AM 5. OKTOBER 1892
BOB DALTON
GRAT DALTON
BILL DALTON
EMMETT DALTON
124

DIE RÜCKKEHR DER BRÜDER DALTON

DIE STIMME KENN ICH DOCH? DIE GIBT'S NUR EINMAL IN GANZ ARIZONA!
JIPPIIIII!
SMILEY, OLD BOY! WAS FÜR EINE FREUDE, DEIN LIEBES GESICHT WIEDERZUSEHEN!
HELLO, LUKE! WAS FÜR EINE FREUDIGE ÜBERRASCHUNG! HIER ZWEI KUMPEL VON MIR: BIERFLIEGE UND MIKROBE!
ES LEBE
BILL
BONEY
ACH ÜBRIGENS, WER IST DENN BILL BONEY, DER HIER MIT SO VIEL TAMTAM GEFEIERT WIRD?
DAS IST DER NEUE SHERIFF, DER GRAD GEWÄHLT WORDEN IST. SIE NENNEN IHN „SCHRECKEN VON ARIZONA". ER SOLL GANZE STAATEN GESÄUBERT HABEN. KOMM MIT UNS IN DIE BAR! DA SIEHST DU IHN!
ES LEBE
BILL
BONEY
ES LEBE
BILL
BONEY
WILLKOMMEN BILL BONEY! DER SCHRECKEN VON ARIZONA! UNSER NEUER SHERIFF!
UND JETZT, LIEBE MITBÜRGER...
WIE? DAS IST DER „SCHRECKEN VON ARIZONA"?? DIESEN FEIGLING VON SHERIFF HAB ICH VOR EIN PAAR JAHREN* IN DESPERADO-CITY AM WERK GESEHEN!
*SIEHE LUCKY LUKE-RODEO.
EINE RUNDE AUF MEINE KOSTEN!
JIPPIII!
ES LEBE BILL BONEY!
GEHT AUS DER GEMEINDEKASSE, VERSTEHT SICH!
O.K., BOSS!
MORRIS 250

RUHE BITTE! DAMIT DER SHERIFF MIT DEM BERICHT SEINER HELDENTATEN FORTFAHREN KANN!
NACHDEM ICH SO DESPERADO-CITY GESÄUBERT UND DIE BRÜDER PISTOL LIQUIDIERT HATTE, WURDE ICH NACH KANSAS GERUFEN, UM DIESE GEGEND VON VIER BEKANNTEN RENEGATEN ZU BEFREIEN...
... DEN BERÜCHTIGTEN BRÜDERN DALTON! DEREN PORTRÄT ICH ALS ERINNERUNG AN IHRE FESTNAHME AUFBEWAHRT HABE!
$100.000 FÜR DIE ERGREIFUNG
BOB
GRAT
BILL
EMMETT
BRÜDER DALTON
DAS PASSIERTE IN COFFEYTOWN! NACHDEM SIE DIE DORTIGE BANK AUSGERAUBT HATTEN, GINGEN DIE VIER GESETZLOSEN IN DEN SALOON, UM DORT DIE BEUTE ZU TEILEN...
DIE ANGEHÄUFTEN BANKNOTEN WURDEN AUF EINEM TISCH AUSGEBREITET...
DAS LOKAL WAR MENSCHENLEER, ALLE GÄSTE WAREN GETÜRMT, MIT AUSNAHME VON...
... MIR. ICH LEHNTE GANZ RUHIG AN DER BALUSTRADE, TROTZ DER GEFÄHRLICHEN AUFGABE, DIE MIR MEIN AMT ALS POLIZIST AUFERLEGTE...
ALS ICH EINE ZIGARETTE DREHTE, GING MIR EINE IDEE DURCH DEN KOPF...
HAAAA... HAAAA... HAAAA...
BOB DALTON HATTE VON DEN VIEREN...
TSCHIIIII!
... DIE EMPFINDLICHSTE NASE, ER WAR ES, DER ZUERST NIESEN MUSSTE...

MEIN TRICK FUNKTIONIERTE GROSSARTIG! WENIG SPÄTER WAREN DIE VIER RENEGATEN UNTEREINANDER TOTAL ZERSTRITTEN!
IDIOT!
WAS SIND DENN DAS FÜR MANIEREN?
UNS MITTEN INS GESICHT ZU NIESEN?
DEM ERSTEN, DER NIEST, TREIB ICH SEINEN SCHNUPFEN ENDGÜLTIG AUS! ICH BIN'S, DER HIER BESTIMMT!
HAAAA...
TSCHIII!
JETZT WERD ICH EUCH ZEIGEN, WER HIER DER CHEF DER BANDE IST.
WAS FÜR EINE EXPLOSION!
ICH HAB TRÄNEN IN DEN AUGEN!
ICH BRÄUCHTE EINEN WHISKEY!
DA BITTE!
SO, DAS WIRD SIE GEHORSAM LEHREN!
BIER
IN DIESEM MOMENT GLITT ICH RUHIG DIE TREPPE HINUNTER, UM DEM GEFÄHRLICHSTEN MANN DIESSEITS DER HÖLLE GEGENÜBERZUTRETEN...
BOB DALTON! IM NAMEN DES GESETZES ICH VERHAFTE SIE!
WAS?

BOB DALTON VERHAFTET KEINER! SIE SIND BESOFFEN! BLAU WIE EIN VEILCHEN!
ICH WAR NIEMALS BEI KLARErEM VERSTAND, DALTON! WERFEN SIE EINEN BLICK DA DRAUF!
???
ICH WAR MIR DURCHAUS BEWUSST, DASS ICH MIT DEM TOD SPIELTE...
EIN HAFTBEFEHL AUF MEINEN NAMEN? HAHAHA! DER WITZ IST GUT!
MAN HAT IHNEN WOHL NIE GESAGT, DASS BOB DALTON DIE POLYPEN HASST! ICH WERD IHNEN DAS AUF MEINE WEISE IN DEN KOPF TRICHTERN!
WENN DIESES PAPIER DEN BODEN BERÜHRT ZIEHEN SIE UND SCHIESSEN!
O.K., DALTON!
NIMM DAS DRECKIGER BULLE!
PENG!
ICH HATTE ALLES AUF EINE KARTE GESETZT UND GEWONNEN! SEINE KUGEL PRALLTE AN MEINEM STERN AB UND TRAF MEINEN GEGNER IN DIE SCHULTER!
GETROFFEN! ZUM TEUFEL!! SIE SIND MIR ZUVORGEKOMMEN!! ICH HAB SIE NICHT MAL ZIEHEN SEHN!
ELENDER BULLE! SIE HABEN MICH ERWISCHT! MAMA!
ZUM ERSTEN MAL IN SEINEM LEBEN ALS GESETZLOSER VERWUNDET, WÄLZTE SICH BOB DALTON DER LÄNGE NACH AM BODEN MIT DEM GESICHT NACH UNTEN!
BOB DALTON UND SEINE DREI BRÜDER, DIE IMMER NOCH AUSSER GEFECHT WAREN, WURDEN INS GEFÄNGNIS ABTRANSPORTIERT...
KLANG
KLANG
... WÄHREND ICH MICH UNBETEILIGT IN RICHTUNG BAR BEWEGTE...
BEIM TRINKEN MEINES WHISKEYS POLIERTE ICH GELASSEN MEINEN SHERIFFSTERN, DER MIR DAS LEBEN GERETTET HATTE. MEINE PFLICHT WAR ERFÜLLT...
253

SEHT IHR, LIEBE MITBÜRGER, SO HAB ICH'S DANK MEINER KALTBLÜTIGKEIT GESCHAFFT, DIE DALTON-BANDE EINZULOCHEN!
$100.000
BRAVO!
ES LEBE BILL BONEY!
DAS GEHT ZU WEIT! HÖCHSTE ZEIT, DIESEM LÜGNER EINE LEKTION ZU ERTEILEN! DAS IST DOCH EIN WASCHLAPPEN VON DER SCHLIMMSTEN SORTE!
KOMMT MIT MIR HINTER DIE KULISSEN! ICH HAB EINEN PLAN, DER IHM BESTIMMT DEN SCHNEID ABKAUFT, DIESEM ANGEBER! DER LÜGT DOCH, DASS SICH DIE BALKEN BIEGEN!
EINVERSTANDEN, LUKE!
ALLES KLAR!
O.K.!
KÜNSTLER-GARDEROBE
BOY, OH BOY! WO ICH SCHON IMMER DAVON GETRÄUMT HABE, SCHAUSPIELER ZU WERDEN!
PSSST!
DIESE PAPPNASEN UND SCHNURRBÄRTE SIND GENAU RICHTIG!
KEINEN FEHLER MACHEN! AB JETZT IST UNSER NAME DALTON!
AH! ICH HAB DIE KOSTÜME GEFUNDEN!
ICH BIN BOB DALTON! UND ICH BIN'S DER HIER BEFIEHLT!
SCHON GUT, MIKROBE! PASS AUF, DIE KNARREN SIND GELADEN!
VERGISS NICHT, DEN AKZENT VON OKLAHOMA NACHZUAHMEN!
WELCHER GESETZLOSE ODER HARTGESOTTENE ES AUCH WAGT, DEN FRIEDEN DIESER STADT ZU STÖREN, ICH SCHICK IHN ZU DEN DALTONS, SECHS FUSS UNTER DER ERDE!
GENUG JETZT MIT DEM BLABLA, SHERIFF! WIR STOPFEN DIR NUN EIN FÜR ALLE MAL DAS MAUL!
MORRIS
254

DIE DALTONS SIND NICHT TOT, SHERIFF! ES SIND UNSERE DOPPELGÄNGER DIE SECHS FUSS UNTER DER ERDE LIEGEN!
RETTE SICH WER KANN!
GEHT NACH HAUSE, DIE DALTONS SIND DA, DIE ECHTEN!
RAUS HIER! BEVOR HIER DIE KUGELN HERUM-SCHWIRREN!
HEEE!
BAH! LASST DIE FALSCHE MARKE VON BILL LAUFEN, ER VERDIENT ES NICHT, GEHÄNGT ZU WERDEN!
HÖRT, ICH...
HAUPTSACHE, WIR HABEN DIESEN PRAHLHANS VON SHERIFF!
HALT DIE KLAPPE, SHERIFF! JETZT IST DER AUGENBLICK, WO DU DEINEN MUT MEHR DURCH DIE TAT BEWEISEN KANNST ALS DURCH GESCHWÄTZ! ICH GEB DIR BIS DREI ZUM ZIEHEN!
EINS!
KLAKLAKLACK!
ZWEI!
KLAKLAKLACK!
ER... ERBARMEN!
DREI!
KLAKLAKLACK!
GNADE!
WAS HAB ICH EUCH GESAGT? EIN WASCHLAPPEN!
ER HAT DIE HOSEN VOLL!
UND ZITTERT WIE ESPENLAUB, DER FEIGLING!
UND KLAPPERT MIT DEN ZÄHNEN!
KLAKLAKLACK!
255

WIR MÖGEN KEINE ANGEBER! VOR ALLEM NICHT SOLCHE, DIE EINEN SHERIFFSTERN TRAGEN!
SIE SIND REIF FÜR DEN FRIEDHOF, BILL BONEY!
WIE SOLLEN WIR IHN LIQUIDIEREN, BOYS? KRAWATTE ODER BOHNE?
DAS IST EGAL, BOB. DAS ERGEBNIS IST DAS GLEICHE!
HEBEN SIE VON DIESEM KARTENSTOSS AB, SHERIFF! WENN'S SCHWARZ IST, IST'S DER STRICK, BEI ROT DIE KUGEL!
SCHWARZ!! AN DEN BAUM SCHEINHEILIGER!
VORWÄRTS, ZUM NÄCHSTEN BAUM. SIE KENNEN DAS KAFF HIER BESSER ALS ICH!
DER IST GENAU RICHTIG! STEIGEN SIE AUF DEN GAUL!
MAMPF
SPRECHEN SIE IHR GEBET UND MACHEN SIE IHR TESTAMENT, ABER EIN BISSCHEN PLÖTZLICH. WIR WOLLEN NICHT DEN GANZEN TAG VERTRÖDELN!
DIESER ANGEBER VON SHERIFF HAT SICH ABFÜHREN LASSEN WIE EIN SCHAF!
ER HAT UNS EINEN BÄREN AUFGEBUNDEN, DER LÜGNER!
DER HASENFUSS, DER FEIGLING!
TONSORIAL PARLOR
ALLES, WAS ER UNS ERZÄHLT HAT, WAR VON VORN BIS HINTEN GELOGEN!
DER HAT UNS DIE LÄNGSTE ZEIT BLAUEN DUNST VORGEMACHT!
MORRIS 256

DIESER SHERIFF HAT UNS MIT SEINEN MÄRCHEN ANGESCHMIERT!
ER HAT UNS REINGEZOGEN, ABER DAS FÄLLT AUF IHN ZURÜCK!
DER LÜGNER KOMMT NICHT WEIT!
VORWÄRTS, EMMETT, DIR GEBÜHRT DIE EHRE! GIB IHM SEINE EINFACHE FAHRKARTE FÜRS JENSEITS, DIESER FALSCHEN MARKE!
O.K., BOB!
GNADE!
DER AUGENBLICK IST FEIERLICH! IN EINER SEKUNDE WIRD DIE ERDE VON DEM SCHLIMMSTEN LÜGNER BEFREIT, DEN SIE UNGLÜCKLICHERWEISE JEMALS GETRAGEN HAT.
PENG!
DAS... DAS SIND KEINE ENGEL, DIE ICH DA SEH! ICH LEBE NOCH!
IN DER TAT, BILL BONEY! ICH BIN WEDER PETRUS NOCH DER SATAN! NICHT EINMAL EINER DER BRÜDER DALTON!
ICH BIN LUCKY LUKE, ERINNERN SIE SICH? UND DAS SIND SMILEY, BIERFLIEGE UND MIKROBE! ICH HOFFE, DASS DIESE ERFAHRUNG IHNEN IHRE GAUNEREI AUSGETRIEBEN HAT!
!
DAS SIND NICHT DIE DALTONS! DAS WAREN VIER MASKIERTE TYPEN!
SO EIN WITZ!
DAS WAR NUR THEATER!
WIR KÖNNEN RAUS! DIE LUFT IST REIN!
257

DER SCHRECKEN VON ARIZONA IST NUR EIN DRECKIGER, FEIGER ANGEBER!
NEHMT IHM SEIN ABZEICHEN AB!
NIEDER MIT BILL BONEY!
KOMMT HER! DIE DALTONS SIND TOT, RICHTIG TOT! WIR WOLLTEN EUCH BEWEISEN, DASS BILL BONEY NICHT DER SHERIFF IST, DEN IHR BRAUCHT!
LASST MICH EUCH MEINEN ALTEN FREUND SMILEY ALS ERSATZ VORSCHLAGEN! ER IST KEIN SCHWÄTZER, ABER ER KANN MIT SEINEN SECHSSCHÜSSERN UMGEHN UND HIER DAS GESETZ AUFRECHTERHALTEN!
JAWOHL, SMILEY, ZEIG'S IHNEN!
PLUMPS!
PLUMPS!
PLUMPS!
ES LEBE SMILEY! DER WILHELM TELL DES REVOLVERS!
SMILEY ALS SHERIFF!
ES LEBE SMILEY! DAS IST DER MANN DEN WIR BRAUCHEN!
JIPPIII!
LEB WOHL, SMILEY, ALTES HAUS! UND VIEL GLÜCK AUF DEINEM NEUEN POSTEN!
LEB WOHL, LUKE, UND DANKE!
ES LEBE B. SMILEY
EIN BIER, ABER BEEIL DICH 'N BISSCHEN!
ETWAS MEHR RESPEKT! SIE SPRECHEN MIT EINEM EX-SHERIFF!
ENDE GUT, ALLES GUT, JOLLY! ES GIBT EINE SORTE MENSCHEN, DIE ICH SEIT JEHER NIE ERTRAGEN KONNTE... DIE LÜGNER!
ENDE
258
MORRIS

Was die vielen Freunde der deutschsprachigen Abenteuer von Lucky Luke
schon immer wissen wollten ...

Das erste bei Egmont Ehapa erschienene Album des lonesome Cowboy trägt die Nummer 15. Gibt es etwa 14 davor publizierte, mittlerweile nicht mehr lieferbare Bände? Die Antwort ist: Nein! Bis zum Jahre 1978 erschienen in nicht chronologischer Reihenfolge insgesamt 14 Abenteuer im Programm des Koralle-Verlags. Als Morris sich entschlossen hatte, die Rechte für alle weiteren Bände an Egmont Ehapa zu vergeben, musste der Verlag seine neuen Titel mit der Nummerierung 15 beginnen lassen, um Missverständnisse gegenüber den damals noch erhältlichen bisherigen Titeln zu vermeiden. Als die Verträge für diese 14 Bände schließlich ausgelaufen waren, konnte Egmont Ehapa sie nach und nach allesamt in seine Reihe integrieren.

Wer wissen will, um welche Abenteuer es sich handelt, findet hier die detaillierte Aufstellung:

Band 1 Dicke Luft in Dalton City entspricht Band 36 Dalton City
Band 2 Lucky Luke und der Kopfgeldjäger entspricht Band 43 Der Kopfgeldjäger
Band 3 Lucky Luke und der Großfürst entspricht Band 46 Der Großfürst
Band 4 Rächer der Enterbten entspricht Band 38 Jesse James
Band 5 Die verrückte Erbschaft entspricht Band 53 Die Erbschaft von Rantanplan
Band 6 Heiße Hits aus Mexiko entspricht Band 28 Tortillas für die Daltons
Band 7 Ma Daltons saubere Früchtchen entspricht Band 47 Ma Dalton
Band 8 Lucky Luke und der weiße Reiter entspricht Band 50 Der weiße Kavalier
Band 9 Die Geisterstadt entspricht Band 64 Goldrausch
Band 10 Die Daltons werden kuriert entspricht Band 54 Die Daltons und der Psycho-Doc
Band 11 Eine Woche Wilder Westen entspricht Band 66 Eine Woche Wilder Westen
Band 12 Western Circus entspricht Band 62 Western Circus
Band 13 Apachen-Canyon entspricht Band 61 Der Apachen-Canyon
Band 14 Der Kaiser von Amerika entspricht Band 57 Der Kaiser von Amerika

„Lucky Luke – Die Gesetzlosen“
Text und Zeichnungen: Morris
Aus dem Französischen von Gudrun Penndorf M.A.
Mit einem Vorwort von Horst Berner
Originaltitel: „Hors la loi“

Nachdruck 2024
EGMONT EHAPA MEDIA GMBH, Berlin
Egmont Verlagsgesellschaften mbH, Berlin
Verantwortlicher Redakteur: Wolf Stegmaier
Produktmarketing: Jana Rahders
Herstellung: Virginia Illner

Printed in the EU
ISBN der gebundenen Ausgabe: 978-3-7704-3190-8

Wenn Sie mehr über den lonesome Cowboy erfahren möchten,
hier werden Sie fündig:
www.egmont-shop.de
www.egmont-comic-collection.de
www.lucky-luke.com
@egmont_comic_collection

Das komplette LUCKY LUKE-Programm

Band 15 Band 16 Band 17 Band 18 Band 19 Band 20 Band 21 Band 22

Band 23 Band 24 Band 25 Band 26 Band 27 Band 28 Band 29 Band 30

Band 31 Band 32 Band 33 Band 34 Band 35 Band 36 Band 37 Band 38

Band 39 Band 40 Band 41 Band 42 Band 43 Band 44 Band 45 Band 46

Band 47 Band 48 Band 49 Band 50 Band 51 Band 52 Band 53 Band 54

Band 55 Band 56 Band 57 Band 58 Band 59 Band 60 Band 61 Band 62

Band 63

Band 64

Band 65

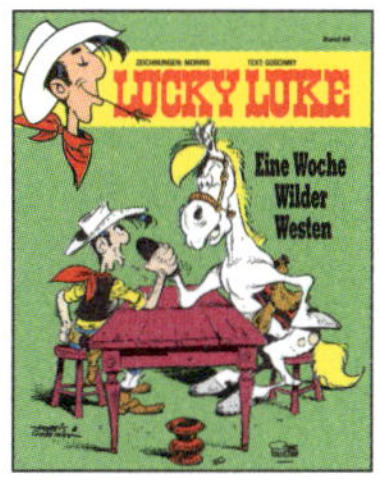

Band 66

Band 67

Band 68

Band 69

Band 70

Band 71

Band 72

Band 73

Band 74

Band 75

Band 76

Band 77

Band 78

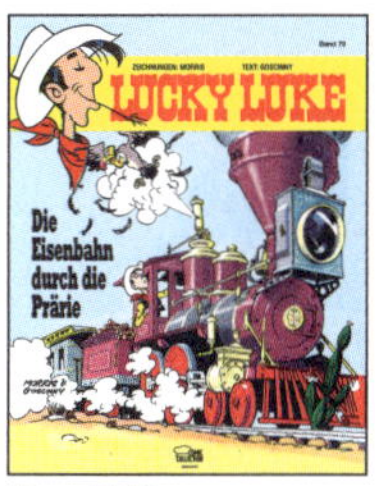

Band 79

Band 80

Band 81

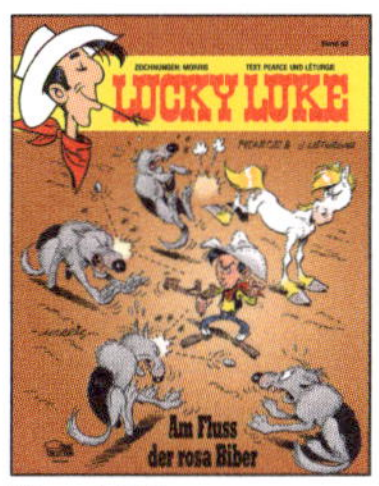

Band 82

Band 83

Band 84

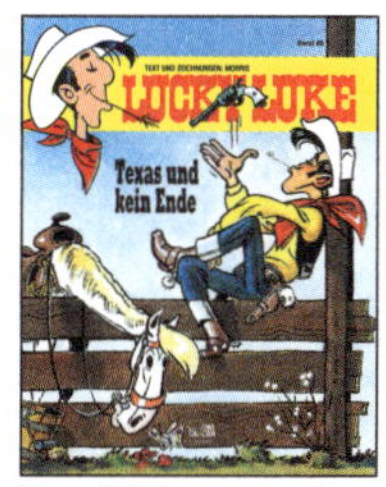

Band 85

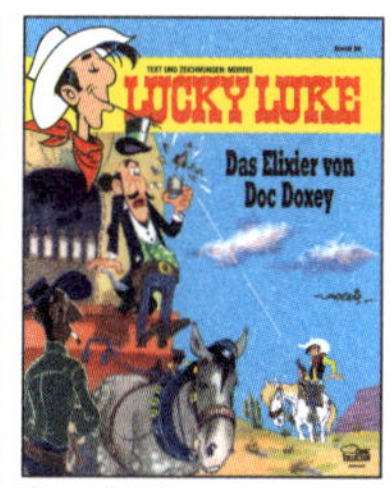

Band 86

Band 87

Band 88

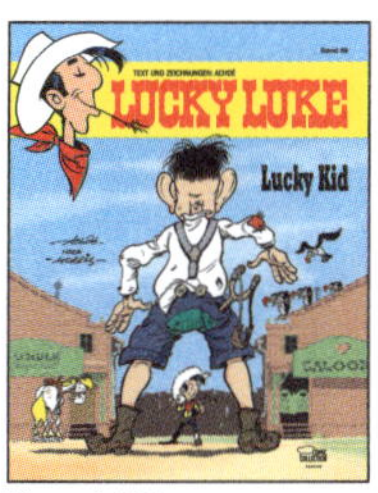

Band 89

Band 90

Band 91

Band 92

Band 93

Band 94

Band 95

Band 96

Band 97

Band 98

Band 99

Band 100

Band 101

Überall im Buchhandel erhältlich!